Wolfgang Ecke

MEISTERDETEKTIV BALDUIN PFIFF

Spuk nach Mitternacht

Wolfgang Ecke

MEISTERDETEKTIV BALDUIN PFIFF

Spuk nach Mitternacht

Mit Illustrationen
von Ute Krause

Boje

www.boje-verlag.de

Die Originalausgabe erschien erstmals 1976
Einbandgestaltung: hoop-de-la, Köln, unter Verwendung
einer Illustration von Ute Krause
Illustrationen: Ute Krause
Satz: Noch & Noch, Balve
Gesamtherstellung: Verlags- und Medien AG, Köln
Printed in Germany

ISBN 978-3-414-82070-9

5 4 3 2 1 12 11 10 09 08

Das ist er: Balduin Pfiff

Klein: 166 Zentimeter!

Schwer: 199 Pfund ohne Socken, Lupe, Zigarre und Revolver!

Schuhgröße: 45

Besondere Merkmale: pfiffiges Aussehen, rundes Gesicht, wenig Falten, kurze Beine, ausgeprägter Geruchssinn.

Gute Angewohnheiten: wenige!

Schlechte Angewohnheiten: spricht oft mit vollem Mund, legt Beine auf den Tisch, schnarcht!

Gesamteindruck: lustig, aber gefääääääääääääääääääährlich!

Überraschender Besuch

Noch ahnte Balduin Pfiff nichts.

Noch schlief der kleine, kugelrunde Detektiv tief und fest. Zusammengerollt wie eine Katze lag er auf dem Sofa seiner »Guten Stube«. Und das am helllichtem Nachmittag.

Er ahnte nichts von dem Mann, der in diesem Augenblick mit angstvollen Blicken durch die Haustür schoss und mit lautem Tack-Tack-Tack die hölzernen Stufen aufwärtspolterte.

»Hoffentlich ist er da …«, schnaufte er mit blassen Lippen … »Schrecklich, wenn er nicht da wäre … o mein Herz …«

Der hagere Mann mit dem verschwitzten Gesicht unter dem verrutschten Hut presste die Hand gegen die magere Brust.

»Was mache ich nur, wenn er nicht da ist?« Er hielt einen Augenblick inne und fuhr sich mit dem Taschentuch über die Stirn. Dann nickte er sich selbst zu und jammerte: »Ich versteck mich auf dem Dachboden!«

Endlich war es geschafft. BALDUIN PFIFF stand auf dem Schild. Und weil er es eilig hatte, legte er nicht nur den Finger, sondern die ganze Hand auf den Klingelknopf neben dem Schild.

Rrrrrrr, schrillte es hell und aufdringlich. Er lauschte – nichts!

Der Mann streckte seinen Kopf wie ein Vogel vor und schloss die Augen. Doch auch jetzt hörte er nichts.

Rrrrrrrr, tat es ein zweites Mal.

Diesmal presste der Besucher eines seiner großen bleichen Ohren an die Türfüllung.

Wieder nichts!

Rrrrrrrrr – Rrrrrrrr – Rrrrrrrrrrrrrrrrrrrrrr …

Da … da war ein Geräusch. Die Miene des Hageren verklärte sich.

Bums!!!!

Balduin Pfiff riss die Tür mit solcher Wucht auf, dass der Mann davor entsetzt zurückfuhr. Beinahe hätte er dabei das Gleichgewicht verloren.

»Herr!!«, blitzte der kleine Detektiv den Klingler an, »meine Klingel ist kein Feuermelder und ich habe keine Flügel!«

»Ver ...Verzeihung ... ich ... ich ... ich wollte z ... z ... zu Herrn Balduin Pfiff!«, stotterte der Hagere erschrocken und zog seinen zerdrückten Hut.

»Ei der Daus!«, brummte Balduin Pfiff und kratzte sich an einer Schlaffalte auf der rechten Backe, die diese wie ein Brötchen aussehen ließ. »Müssen Sie deswegen die Klingel demolieren, he??«

»Ich werde bedroht!«, flüsterte der eingeschüchterte Besucher. Und als er die Kerbe zwischen Balduin Pfiffs Kulleraugen sah, wiederholte er beschwörend:

»Hören Sie, Herr Pfiff, ich werde bedroht! Mein Herz schlägt bis zur Nase!« Er tippte sich auf dieselbe.

Da verzog sich Pfiffs Mund zu einem breiten Grinsen und er lachte meckernd: »Hehehehe, man sieht's ihr an!« Dann zeigte er mit dem ausgestreckten Daumen hinter sich und brummte versöhnlich: »Na, dann treten Sie mal näher!«

Schwups!!

Der Hagere war so schnell an Balduin Pfiff vorbei, dass sich dieser laut wunderte: »Heiliges Kanonenröhrchen, Sie haben es aber eilig!«

Der andere holte ganz tief Luft und rief: »Danke!«

Und nochmals erleichtert: »Danke, jetzt ist mir wohler!«

Balduin Pfiff deutete auf die Tür, die zum Wohnzimmer führte: »Da geht's lang!«

Der kleine Detektiv schob Decke und Kissen auf dem Sofa zu einem unordentlichen Paket zusammen und ließ sich zufrieden auf den freien Platz plumpsen.

»Setzen Sie sich doch!«, forderte er seinen Gast auf, doch der schlug abwehrend die Hände zusammen und beteuerte: »Um Himmels willen, ich kann doch jetzt nicht sitzen! Wo es mir überall kribbelt …« Er schüttelte den Kopf, streckte seine Hände aus und jammerte: »Da, sehen Sie nur, wie meine Hände zittern …«

Balduin Pfiff nickte gelangweilt, zeigte zuerst nach unten, anschließend nach oben. »Dann legen Sie sich meinetwegen auf den Teppich oder auf den Schrank.«

Der Hagere musterte den Detektiv einen Augenblick fassungslos, und es schien, als überlege er, ob er vielleicht in die falsche Wohnung geraten sei.

»Danke!«, sagte er schließlich. »Dann setze ich mich doch lieber.«

Ächzend ließ er sich in einen Sessel fallen, um jedoch im gleichen Augenblick mit einem lauten »Au!!« wieder hochzufahren. Entsetzt starrte er auf eine gebogene Nagelschere.

Balduin Pfiff nickte gleichermaßen erfreut wie unschuldig. »Ich hab sie den ganzen Vormittag gesucht. Hoffentlich haben Sie sie nicht verbogen.«

»Verbogen??« Des Hageren Rechte tastete nach dem Schmerz auf seiner Sitzfläche, während seine linke Hand nach der Schere griff. Er musterte sie kurz und reichte sie Balduin Pfiff. Der legte sie behutsam auf das kleine Abstelltischchen neben dem Sofa.

Er sah zu seinem Besucher auf, der noch immer aufrecht stand.

»Sie können wieder Platz nehmen. Ich besitze nur eine Schere!«, versicherte Balduin augenzwinkernd.

Der Hagere verbeugte sich. »Ich muss etwas nachholen. Erlauben Sie, dass ich mich vorstelle: Anton Cäsar Brommel!« Er verbeugte sich erneut.

»Hehehehehihihihi«, kicherte Balduin Pfiff, und sein rundes Bäuchlein hüpfte im Rhythmus seiner Lacher. »Huhuhuhuhu, ist das komisch ...«

Herr Brommel setzte sich langsam und verlegen. »Was, meinen Sie, ist komisch?«

»Also«, schnaufte der Detektiv und streckte seinen dicken, runden Zeigefinger Brommel entgegen, »der Cäsar passt zu Ihnen wie die Kleopatra zur Milchfrau an der Ecke!«

»Aber Herr Pfiff ...«, druckste Anton Cäsar gekränkt. Doch Balduin Pfiff winkte ab und im Polizistenton fragte er kurz und monoton: »Wohnhaft?«

Herr Brommel schluckte. Er hatte sich den Besuch bei einem so berühmten Detektiv eigentlich ganz anders vorgestellt.

»Ich wohne in der Gartenstadt. Rosenweg 8!«

»Hübsche Gegend!«, nickte der Detektiv. »Hm, was wollte ich Sie gerade fragen ...« Er kratzte sich am Kinn und schickte einen nachdenklichen Blick zur Zimmerdecke.

Dann strahlte er Anton Cäsar Brommel an.

»Ich hab's, jetzt weiß ich's wieder. Wollen Sie was trinken? Vielleicht ein Gläschen eisgekühlte Buttermilch?«

Der Hagere beugte sich vor. Nach Luft schnappend, stotterte er: »Bu ... Bu ... Buttermilch?« Und ganz plötzlich schien bei ihm eine Sicherung durchgebrannt zu sein. »Herr Pfiff«, schnaubte er in den höchsten Tönen, »man trachtet mir nach dem Leben und Sie ... Sie bieten mir eisgekühlte Buttermilch an.«

Balduin Pfiff blies die Backen auf und ließ die Luft zischend entweichen. »Dann eben keine Buttermilch. Kommen wir zur Sache: Wer bedroht Sie?«

Anton Brommel streckte ratlos die Arme von sich, während in seinen Augen die Angst schimmerte.

»Woher soll ich das wissen? Er ruft mich seit einer Woche jeden Tag an und sagt, mein Leben wäre nicht mal **einen** angenagten Pfifferlig mehr wert.«

»Pfifferling!«, verbesserte Balduin Pfiff und dachte im gleichen Augenblick daran, dass er sich eigentlich lange kein Omelett mit Pfifferlingen gemacht hatte.

»Pfifferlig oder Pfifferling, wo ist da schon der Unterschied?«

Balduin Pfiff überging diese Frage und bemerkte: »Schätze, dass der Anrufer keinen Namen genannt hat, was?«

Herr Brommel schüttelte den Kopf.

Der kleine Detektiv lehnte sich zurück und balancierte vorsichtig seine Füße auf den Tisch. Genau zwischen Vase und Aschenbecher. Er nickte seinem Gegenüber freundlich zu.

»Und weiter?«

»Weiter?« Brommel starrte wie hypnotisiert auf die Sohlen der riesigen Filzpantoffeln, bevor er antwortete: »Seit heute früh verlangt die Stimme am Telefon die Bereitstellung von tausend Mark in kleinen Scheinen, sonst ...«

»Sonst was?«, wiederholte der Detektiv.

»Hat er nicht gesagt. Nur ›sonst‹!« Anton Cäsar Brommel schnitt eine Grimasse, in der all seine Furcht vor dem »Sonst« stand. Und dann fiel ihm noch etwas ein: »Gefährlich geknurrt hat er dabei!«

Balduin Pfiff nahm die Beine vom Tisch, runzelte die Stirn und schnalzte beeindruckt: »Ts-ts-ts-ts, Erpressung also! Eine ganz gewöhnliche Erpressung.« Und dann sagte er so laut, dass Anton Brommel erschrocken zusammenfuhr: »**Womit**, mein lieber Herr Brommel?«

»He, wie bitte?«

»Und gleich die nächste Frage: Warum gehen Sie nicht zur Polizei?«

Anton Brommel senkte seinen Kopf. Und mit Daumen und Zeigefinger begann er an einem Knopf seiner Jacke zu zwirbeln.

»Ja ... wissen Sie ... das ... das ... das ... wohlistdennichhabenichtgedachtdass ...«, murmelten seine Lippen Unverständliches.

Der kleine dicke Detektiv richtete sich steil auf.

»Mann o Mann, Männchen, Herr Cäsare ...«

»Brommel!!«

»Ei der Daus, Herr Brommel, wofür halten Sie mich eigentlich? Für einen Gedankenleser? Für einen Professor der Flüsterlogie?«

Der Detektiv tippte sich vor die Brust. »Balduin Pfiff hört zwar manchmal das Gras wachsen und die Flöhe husten, aber das, was Sie da eben zusammengenuschelt haben, das kann ich nur ahnen!«

»Ahnen?«, hauchte Anton Brommel verlegen.

»Jawohl, ahnen!« Balduin Pfiff erhob sich, stampfte mit Tschumm-Tschumm-Tschumm über den Teppich bis zum Fenster, und mit Tschumm-Tschumm-Tschumm wieder zurück. Er stupste Brommel seinen dicken runden Zeigefinger gegen die magere Schulter und wiederholte: »Ahnen! Soll ich Ihnen sagen, was ich ahne?«

Tschumm-Tschumm-Tschumm schlappte Balduin erneut zum Fenster und trommelte kurz ein Tamteramtammtamtamtaram gegen die Scheibe.

»Sie haben was auf dem Kerbhölzle!«

Tschumm-Tschumm-Tschumm! Wieder tippte er gegen Brommels Schulter. »Sie sind nicht zur Polizei gegangen, weil Sie was auf dem Kerbhölzle haben!«

»Kerbhölzle ... wie das klingt!«, lamentierte Anton Cäsar Brommel. Seine sonst bleichen Ohren waren plötzlich tomatenrot.

»Immer noch besser als Kerbholz!«, philosophierte Balduin. »Also, raus mit der Sprache! Was haben Sie ausgefressen?«

Anton Brommel rang verzweifelt die Hände und begann zögernd zu berichten:

»Wir ... wir haben vorige Woche eine Scheibe eingeschlagen. Eine Fensterscheibe, ja, so ist das. Mit einem Stein.«

Balduin Pfiff glaubte sich verhört zu haben.

»Was denn, was denn ... Sagen Sie das noch einmal. Ich muss mich verhört haben.«

»Es stimmt schon«, Herr Brommel nickte.

Der kleine Detektiv schlug die Hände zusammen und mit aufgerissenen Kulleraugen verkündete er: »Mich trifft eine Reihe von Schlägen. Sie haben tatsächlich eine Scheibe eingeworfen?«

»Ja, und dann sind wir ausgerissen ...«

Balduin Pfiff stieß einen schrillen Pfiff aus.

»Heiliger Bonifatius, und das in Ihrem Alter, ts-ts-ts-ts ... Sagten Sie eben **wir**?«

»Wissen Sie, ich hatte mit meinem Schulfreund, wir sind auch im gleichen Klub, ein paar Gläschen zu viel getrunken ...«

»Aber sehr viele zu viel, was?«

»Leider. Sonst wären wir sicher nicht auf die Idee mit dem Klingelputzen gekommen.«

»Heiliges Kanonenröhrchen, Klingelputzen, was ist denn das? Irgendeine Gemeinheit, was?«

Anton Brommel wand sich: »Das ist ... das ist so ein Dummjungenstreich. Alfred wollte unbedingt Kinderzeit spielen. Und da kam er auf die Idee mit dem Klingelputzen. Das ist«, erklärte er leise, »wenn man auf eine Klingel drückt und sich dann eilig entfernt.«

Balduin Pfiff lachte meckernd. »Du lieber Theo, Sie drücken sich aber vornehm aus. ›Eilig entfernt‹. Warum sagen Sie nicht, dass Sie wie ein Dreikäsehoch ’ne Zische gemacht haben. Die Kurve gekratzt, sozusagen.«

Anton Cäsar Brommel schluckte nur. Dann fuhr er fort: »Aber später, meinte Alfred, müsse man noch was anderes probieren. Und in der Holunderstraße ist es dann passiert.«

Balduin Pfiff spielte den Fassungslosen, dabei grinste er von einem Ohr zum anderen.

»Mein lieber Gosemuckel, Sie sind mir vielleicht ein Früchtchen.«

»Es sollte ja nur klirren, Herr Pfiff!«, rief Anton Brommel beschwörend. »Wir wollten ja nicht, dass die Scheibe zerspringt.«

»Und wer von beiden war der Kunstschütze? Sie oder Ihr Schulfreund?«

»Wir haben beide zur gleichen Zeit geworfen. So nach der Raketenstartmethode. 5-4-3-2-1 und Pengg!!« Brommel zuckte hilflos mit den Schultern und beteuerte noch einmal: »Es sollte nur klirren.«

»Hehehehe, nicht zu glauben. Erwachsene Männer gehen Klingelputzen und Scheibeneinwerfen.«

Balduin Pfiff richtete wieder einmal seinen dicken Zeigefinger auf Brommel und sagte: »Dabei sehen Sie so harmlos aus. Fast so harmlos wie Otto Schabbeltich. Kennen Sie Otto?«

Anton Brommel schüttelte heftig den Kopf und beeilte sich zu versichern: »Ich hatte noch nicht das Vergnügen.«

»Otto ist die Stricknadel, die in der kleinen Nikolauskirche die Glocken läutet.«

»Stricknadel?«, wunderte sich Herr Brommel und fühlte Unbehagen in sich aufsteigen.

»Das ist sein Spitzname, weil er so lang und dünn ist. Und ich sage Ihnen, der hat das harmloseste Napfkuchengesicht der Welt. Dabei sitzt's ihm faustdick hinter den Ohren!« Balduin Pfiff schnipste sich gleichzeitig gegen beide Ohren. Dann beugte er sich zu Brommel vor und sagte leise: »Der veranstaltet jeden Sonnabend Spinnenwettrennen. Dabei kann man Wetten abschließen!«

Brommel verzog angeekelt das Gesicht und rief unter Schütteln: »Pfui, Spinnen!« Und plötzlich fiel ihm ein, dass ihn der kleine Detektiv soeben mit diesem Otto in einen Topf geworfen hatte. Ihn, Cäsar Brommel, hatte er verglichen mit einem, der mit Spinnen umging und ein harmloses Napfkuchengesicht sein Eigen nannte.

»He, Herr Brommel, ist was?«, wollte Balduin Pfiff wissen, dem das Wetterleuchten in Brommels Gesicht nicht entgangen war.

Steif erwiderte Herr Brommel: »Wie können Sie mich mit einem Glockenläuter vergleichen, der Spinnen züchtet?!« Und gekränkt fügte er hinzu: »Ich bin Hauptbuchhalter bei Seidelmann und Schnurze!«

Doch da kam er schlecht an bei Balduin Pfiff. Ja, der kleine Detektiv ereiferte sich geradezu:

»Was haben Sie gegen Otto? Weil er Glocken läutet? Das macht ihm eben Laune. Ich verrat Ihnen was: Otto hat die ganze Welt bereist. Er war in China und Australien! Waren Sie schon in China und Australien?«

Brommel verneinte kleinlaut.

»Na also! Otto hat im Dschungel Schlangen gefangen und in einem Einbaum den Ontario-See überquert.

Er hat zwei Jahre bei Indianern am Amazonas gelebt! Haben Sie schon mal in einem Einbaum den Ontario-See überquert? Waren Sie bei den Indianern?«

»Nein ...«

»Otto spricht sieben Sprachen und lebte in Thailand monatelang als Mönch. Nicht Mensch, Herr Brommel, Mönch!« Balduin Pfiff spitzte die Lippen und wiederholte: »Mööönch mit ö! Wie viele Sprachen sprechen Sie, Herr Hauptbuchhalter? Waren Sie schon mal Mönch in Thailand?«

»Ich war bisher nur in Österreich, der Schweiz und Holland«, gab Herr Brommel zu. Er tat ziemlich zerknirscht. »Es tut mir leid, wenn ich was Falsches gesagt habe, Herr Pfiff. Aber schließlich bin ich ja ... ich meine, aufgeregt bin ich!«

Auf Balduin Pfiffs rundem, rosigem Gesicht schien schon wieder die Sonne. Er klopfte Anton Cäsar Brommel aufmunternd auf die Schulter und versicherte: »Na na, Kopf hoch, Herr Brommel. Wir werden den Fall schon klären. Denn ...«, er streckte seinen rechten Zeigefinger in die Luft und rief im Tonfall des Geschichtslehrers Moser aus dem Nachbarhaus, »denn Balduin Pfiff wird den Fall in seine bewährten Hände nehmen!«

»Wirklich? Sie wollen mir trotz der Scheibe helfen?«

»Will ich! Und wissen Sie, warum?«

Herr Brommel schüttelte stumm den Kopf.

»Weil ich was gegen kleine, mickrige Erpresser habe. Wahrscheinlich handelt es sich um einen Mann, der zufällig Zeuge des Spaßes geworden ist. Er tippelte Ihnen nach, um Ihren Namen und die Adresse zu erfahren, und will nun auf seiner Beobachtung ein Süppchen kochen!«

»Furchtbar, entsetzlich. Ich hatte noch nie mit der Unterwelt zu tun«, jammerte Anton Brommel.

Balduin Pfiff wehrte ab. »Was heißt hier schon Unterwelt. Vielleicht ist der Erpresser im Privatberuf ein einfacher Handwerker. Ein Schuhmacher zum Beispiel. Oder, hehehehe, vielleicht ein Buchhalter?« Anton Brommel fuhr sich gedankenschwer über die Stirn. War das alles nur ein böser Traum? Aber nein – dort stand Balduin Pfiff und rieb sich mit der rechten großen Zehe an der linken Wade und sagte mit einer steilen Falte zwischen den kirschrunden Augen: »Aber die Rechnung geht nicht auf! Warum? Weil die Rechnung des Erpressers ein Loch hat!«

»Ein Loch?«, echote der Hagere.

»Das Loch bin ich! Wenn der Erpresser wüsste, dass Balduin Pfiff den Fall in seine bewährten Hände genommen hat, würde er noch in dieser Sekunde verduften! Sssst, weg wäre er, so schnell ihn seine Plattfüße tragen könnten, hehehe ...«

Der kleine Detektiv ließ sich mit einem heftigen Plumps auf das Sofa fallen, reckte im gleichen Augenblick lauschend den Kopf und rief leise:

»Haben Sie das eben gehört?«

Herr Brommel glaubte, der Detektiv spiele auf das Geräusch der ächzenden Spiralfedern des Sofas an, und nickte traurig.

»Das Sofa!«, sagte er.

»Das Sofa? Heiliges Kanonenröhrchen, das war hier drin!!« Balduin tippte sich auf die Rundung seines prallen Bäuchleins. »Er hat gebrummt! Ich muss wohl Hunger haben!«

Er gab dem »Brummer« einen Klaps und freute sich laut: »Eine feine Einrichtung das, sage ich Ihnen. Wenn **ich** das Essen vergesse, meldet er sich zu Wort, hehehehe. Haben Sie auch so einen schlauen Bauch?«

Anton Cäsar Brommel, von einem eigenartigen Gefühl beschlichen, sagte leise: »Nein!« Und laut fragte er: »Sind Sie wirklich Herr Balduin Pfiff?«

Zuerst stutzte der kleine Detektiv, dann hub er an zu lachen: »Hahahahahahehehehehohohohohihihihihi«, dröhnte es durch das Zimmer. »Hahahihi, Sie glauben wohl, ich sei ein bisschen verfitzt, was?«

»Ich muss erst mit Ihrer Art vertraut werden, meine ich«, entschuldigte sich Anton Brommel, und in seine bleichen Ohren stieg wieder jene Tomatenröte der Verlegenheit. Doch Balduin Pfiff war bereits wieder drei »Denklängen« weiter. Er musterte den Hageren neugierig und fragte: »Was sagt denn der zweite Steinewerfer zu der Geschichte mit dem unfreundlichen Telefonisten?«

Anton Brommel zuckte bedauernd die Schultern.

»Ich konnte Alfred noch nicht erreichen. Er befindet sich, so sagte mir seine Sekretärin, auf einer Geschäftsreise.«

»Hm. Welch Glück für ihn.«

Balduin Pfiff lehnte sich zurück, malte mit dem Finger irgendwelche sinnlos erscheinende Zeichen in die Luft, richtete sich abrupt wieder auf und verkündete: »**So** machen wir es!«

»Wir machen was?«, wollte Brommel wissen.

»Sie gehen nach Hause und rufen mich an, sobald sich eine neue Situation ergibt!«

»Sie meinen ... Sie meinen, ich soll?? Allein??!! Jetzt???« Nackte Angst stand in Brommels Augen.

Balduin Pfiff dagegen nickte ungerührt und gähnte! »Meine ich!«

»Aber der Erpresser?! Er könnte mich ... mir ...«

»Sie meinen, er könnte Ihnen was tun?«, vollendete Balduin Pfiff Brommels angefangenen Satz. Und er winkte ab. »Kleine Erpresser haben meist genauso viel Angst wie ihr Opfer. Also, machen Sie einen schnellen Hopser und flitzen Sie nach Hause!«

Anton Brommel erhob sich so schwer, als wiege er zehn Zentner.

»Ich wäre lieber hiergeblieben«, flüsterte er bebend.

»Ei der Daus, Herr Brommel. Wie sollen wir den Gauner erwischen, wenn wir ihm keine Falle stellen!«

»Und der Speck in der Falle muss ich sein?«

»Genau das, lieber Herr Brommel. Obwohl«, der kleine Detektiv sah seinen Klienten abschätzend an, »an Ihnen ja nicht viel Speck dran ist. Da wäre ich schon ein besseres Lockmittel, hehehe ...«

»Also, dann gehe ich jetzt«, sagte Herr Brommel mit einem Gesicht, als müsse er zu seiner eigenen Beerdigung. »Mein Schicksal liegt ab jetzt in Ihren Händen, Herr Pfiff!«

»Hehehe, dort liegt es gut. Es ist dort, sozusagen, allerbestens aufgehoben, lieber Herr Brommel!«

Der Eilbrief

Nachdem Balduin Pfiff die Tür hinter dem »tapferen Cäsar« (wie er Brommel heimlich nannte) verschlossen hatte, gähnte er zuerst einmal recht herzhaft, reckte und streckte sich und marschierte schlappend mit Links-zwo-drei-vier zu einem seiner Lieblingsorte: der Küche.

»Vielen Dank, Cäsar«, rief er zwischen zwei Pfeiftrillern, »dass du mich auf eine so gute Idee gebracht hast!«

Knacks, das war das erste Ei, das in die Schüssel fiel. Der kleine Detektiv hatte eine ganz besondere Art entwickelt, Eier aufzuschlagen. So hieb er sie zuerst mit Anlauf auf den Schüsselrand, riss die beiden Schalenhälften auseinander und reckte ruckartig die Arme in die Höhe, bis der letzte Faden des schlabbrigen Eiweißes gerissen war. Dann drückte er die beiden Eischalenhälften ineinander und warf sie in den Treteimer, dessen Deckel er jedoch erst in dem Augenblick hochschnellen ließ, wenn die Schalen schon unterwegs waren.

Knacks!, das zweite.

Knacks!, das dritte.

Knack ... nicht »Knacks«, nur **Knack** ... was war denn das? Balduin Pfiff sah verärgert auf das widerspenstige Ei in seiner Hand. Wie kam das gekochte Ei in die Stellage mit den rohen?

Natürlich, jetzt fiel es ihm wieder ein: Er selbst hatte es hineingepackt und vergessen herauszunehmen. So was Dummes, das musste ja mindestens schon eine Woche her sein. Na, dann eben nicht! Deckel auf, Ei rrrein, Deckel zu.

Knacks!, das vierte.

Knacks!, das fünfte.

Vier Esslöffel Milch, eine starke Prise Salz und eine halbe Handvoll Mehl folgten in die Schüssel. Und schon ließ Balduin den Quirl tanzen, bis er vom Drehen ganz außer Puste war.

Während auf kleiner Flamme das Omelett langsam Formen annahm, »schlachtete« er eine Dose mit Pfifferlingen. »Du liebes bisschen, hab ich einen Hunger!«, rief er seinem Spiegelbild in der Scheibe des Küchenschrankes zu und trällerte die Melodie vom Mops, der in die Küche kam.

Eine halbe Stunde später lagen in der Tiefe seines Magens friedlich vereint ein Omelett aus fünf Eiern und Pfifferlingen, sieben Scheiben Weißbrot, ein Liter Buttermilch, eine Schale Heidelbeeren und drei Stück Apfelkuchen mit Schlagsahne.

Balduin Pfiff erhob sich und holte sich eine Zigarre. Satt, zufrieden und ohne jeglichen Tatendrang ließ er sich in die Ecke des bequemsten, gemütlichsten, weichesten, ältesten und kuscheligsten Sofas der ganzen Stadt fallen.

Haaahoooo, das tat gut.

Wenn er daran dachte, dass eine Verkäuferin den ganzen Tag lang stehen musste, wurde ihm direkt schwindelig. Nachdem der kleine Detektiv die richtige Lage gefunden hatte, rollte in Einzelbildern noch einmal der ganze Film von Anton Brommels Besuch vor seinen Augen ab. Natürlich würde er, Balduin Pfiff, dem hageren Hauptbuchhalter helfen.

Dabei fiel ihm gleich ein, dass sie noch gar nicht über das Honorar gesprochen hatten. Na ja, das ließ sich nachholen ... nachholen ... nachholen ...

Ei der Daus, wovon war er plötzlich nur so müde?

Er legte den Zigarrenrest in den Aschenbecher, tätschelte sein gewölbtes Bäuchlein, holte auch den Rest seines satten Körpers auf sein herrliches Sofa und machte dort weiter, wo ihn Brommels Besuch unterbrochen hatte: Nrrrrch ... Nrrrrrch ... So verging eine Stunde, eine zweite, eine dritte.

O ja, schlafen konnte der kleine runde Detektiv wie kaum ein Zweiter. Und selbst mit seiner Schnarchtechnik hätte er bei einer Schnarch-Olympiade Aussicht auf die Goldmedaille.

Nrrrrchichichidsch ... pfpfpfpf ... Nrrrrchichichidsch ... pfpfpf ... tschiiiiipf ...

Und wenn behauptet wurde, dass Leute, die sich mit einem vollen Bauch zum Schlafen legten, schlecht träumten oder gar von Albträumen heimgesucht wurden, dann traf das auf Balduin Pfiff nicht zu.

Im Gegenteil ...

Nrrrrchichichidsch ... pfpfpfpf ... Nrrrrchichichidsch ... pfpfpf ... tschiiiiipf ...

Als kurz vor 21 Uhr unten auf der Straße eine Fehlzündung knallte, wachte er auf.

Er sah auf die Uhr, schüttelte den Kopf und erhob sich. »Dass ich daran nicht gedacht habe«, murmelte er, fuhr in seine Pantoffeln und schlappte im Wiegegang in die Küche. Zehn Minuten später waren drei Brötchen und eine mittelgroße Schüssel mit selbst gemachtem Teufelssalat verputzt.

Balduin Pfiff wandte sich der zweiten Tür links zu: seiner Dusche, Marke Eigenkonstruktion.

Aus sechs Düsen gleichzeitig ließ er abwechselnd heißes und kaltes Wasser über sich hereinbrechen. Dabei quietschte, hüpfte, röhrte, brummte und schnatterte er, dass man meinen konnte, eine vierköpfige Familie spritze sich gegenseitig voll.

Als endlich alle Rundungen trocken gerieben waren, schlüpfte er zuerst in seinen rot gepunkteten Pyjama und anschließend – ins Bett!

Schließlich war es dafür höchste Zeit. Nur ein ausgeschlafener Detektiv war auch ein guter Detektiv!

Es war genau 22 Uhr 44 und Balduin Pfiff träumte gerade von einem Spanferkelbraten mit Kartoffelklößen und Rotkohl ...

Rrrrrrr ... Rrrrrrrr ... Rrrrrrrr ...

Das Telefon!

Rrrrrrr ... Rrrrrrrr ... Rrrrrrrr ...

Es drang bis in Pfiffs Traum.

Rrrrrrr ... Rrrrrrrr ... Rrrrrrrr ...

Balduin Pfiff versuchte das schrille Geräusch aus seinem Spanferkeltraum zu verscheuchen. Er wollte es einfach nicht zur Kenntnis nehmen. Doch je stärker das Klingeln in seinen Traum drang, umso mehr verblassten Braten, Klöße und Rotkohl.

Rrrrrrr ... Rrrrrrrr ... Rrrrrrrr ...

Er richtete sich auf, gähnte und starrte feindlich auf den schwarzen Apparat auf seinem Nachttisch.

Rrrrrrrrr ... Rrrrrrrrrr ... Rrrrrrrrr ...

Er riss den Hörer von der Gabel und bellte in die Muschel: »Es ist Nacht und ich bin nicht zu Hause!!«

Penggü!, knallte der Hörer auf die Gabel zurück. »Ausgerechnet jetzt ... Unverschämtheit ... Spanfeeeerkel ... Heiliges Kanonenröhrchen, was mache ich jetzt mit dem vielen Wasser, das mir im Mund zusammengelaufen ist ...«

Balduin Pfiff schluckte es hinunter.

Rrrrrrrr ... Rrrrrrrr ...

Langsam richtete er sich auf. Und langsam tastete er nach dem Hörer. Und langsam nahm er ab.

Und er sprach ganz leise und monoton: »Hier ist das Fundbüro!«

»HerrPfifficherkenneSie, ichbinsderBrommel ...«, meldete sich Anton Cäsar Brommel atemlos. Das heißt, er meldete sich nicht, er brüllte ins Telefon, dass es dem kleinen verschlafenen Detektiv vor Schreck den Atem verschlug.

»Bitte, Herr Pfiff, machen Sie keine Witze mit mir. Ich bin in größter Gefahr. Sie müssen sofort kommen! Man hat mir soeben einen Eilbrief zugestellt. Schreckliches wird geschehen!«

»Der Napfkuchen ...«, seufzte Balduin.

»Was sagen Sie?«, schrie Anton Brommel voller Panik.

»Nichts. Ich habe mich nur eben entspannt. Bitte tun Sie mir den Gefallen und schreien Sie nicht so!«

»Ich bin restlos erledigt, Herr Pfiff!«

»Sie haben also einen Eilbrief bekommen.« Balduin Pfiff gähnte herzhaft. »Was steht denn so Aufregendes drin?«

»Entsetzliches. Soll ich vorlesen?«

»Bitte, ich bin ganz Ohr!«

»Hier steht: Heute Nacht null Uhr drei!«

Pause.

Tick-tick-tick-tick-tick machte der Wecker auf Pfiffs Nachttisch und schschschschsch ... rauschte es aus der Muschel in dessen Ohr.

Balduin Pfiff ließ sich samt Hörer auf das Kissen zurückfallen,

»Sind Sie noch da?«, dröhnte es aus dem Rosenweg.

»Natürlich! Ich warte darauf, dass Sie weiterreden!«

»Herr Pfpfpfiff ... Das ist der ganze Brief. Ist das nicht genug?« Anton Brommel tuschelte plötzlich heiser: »Drei Minuten nach Mitternacht will man mich umbringen!«

»Das steht aber nicht in dem Brief!«

»Was soll denn sonst um drei nach zwölf passieren?«

»Ich bin kein Hellseher, Herr Brommel.«

»Ich brauche Ihre Hilfe, Herr Pfiff!«, lamentierte der Anrufer. »Ich fühle mich keine Sekunde mehr sicher!«

»Ist gut, Herr Brommel. Verhalten Sie sich ruhig, ich mache mich auf den Weg!«

»Danke ... Ich werde auf Sie warten. Bitte klingeln Sie dreimal kurz und einmal lang!«

Balduin Pfiff legte auf und schob sich aus seiner Kissenpyramide. Spanferkel und Rotkohl waren vergessen. Er machte fünf Kniebeugen, hüpfte zehnmal auf der Stelle, schleuderte die Arme wie ein Kung-Fu-Kämpfer von sich und rollte anschließend zwanzigmal seinen Kugelkopf hin und her. Jetzt endlich war er putzpudelmunter.

Fünf Minuten später stand er fix und fertig angekleidet vor dem Spiegel und zauberte aus seinem zerzausten Haarschopf eine Frisur.

Er klemmte sich eine Zigarre zwischen die Zähne, stopfte »Kunigunde« in die Innentasche seines Jacketts, verstaute Lupe, Taschenlampe und Pinzette, nahm seinen Schirm und machte sich auf den Weg.

Mit normalem Links-zwo-drei-vier hätte der Detektiv bis zum Rosenweg mindestens fünfundzwanzig Minuten benötigt, doch da die Sache eilig war, legte er seinen sogenannten »Eilgang« ein.

Links-zwo-drei-vier hämmerten seine großen Schuhe über den Asphalt.

Links-zwo-drei-vier ...

Als er die Ecke Rilz- und Rossstraße passierte, warf er im Vorbeimarschieren einen raschen Blick zum 6. Stock der Rossstraße 24 empor.

Dunkel! Natürlich! Typisch! Sein Freund Schulze schlief selbstverständlich schon.

Links-zwo-drei-vier ... Links-zwo-drei-vier ... Polizeiinspektor müsste man sein. Dann könnte man jetzt auch im weichen gemütlichen Bett liegen und träumen. Balduin Pfiff ließ mit einem forschen Pfiff den Schirm um seine Hand kreisen.

Schade, dass der Schulze so weit oben im Himmel wohnte. Vielleicht ... Heiliges Kanonenröhrchen, vielleicht hätte ihm Balduin Pfiff sonst auch mal einen Stein an die Scheibe geschmettert ... Hehehehehhhihihihi ... Na ja, wenn schon keinen Stein, dann doch wenigstens ein

Steinchen. Hehehehe, hihihihi, würde der pomadige Schulze aber Augen machen ...

Links-zwo-drei-vier ...

Neunzehn Minuten später bog er in den Rosenweg ein. Viel Grün gab es hier. Viele Bäume, Sträucher und Hecken. Nummer 22 –20 – 18 – 16 ... Er drosselte das Tempo.

Nicht mehr Links-zwo-drei-vier ..., sondern nur noch Links-und-zwo-und-drei-und-vier ...

14-12-10. Stopp!! Das musste es sein.

Balduin Pfiff blieb im Schatten einer Garagenauffahrt stehen und musterte die Umgebung.

Die Nummer 8 war ein eingeschossiges Einfamilienhaus, das von einem großen Garten umgeben war.

Bis auf einen einzelnen Fußgänger, der einen kleinen Hund von Baum zu Baum führte, und einem Abschied nehmenden Liebespärchen war niemand zu sehen.

Eine ausgesprochen ruhige Gegend. Vielleicht sogar zu ruhig – oder??

Nicht ein Fenster der Nummer 8 war beleuchtet.

Balduin Pfiff überquerte die Straße, stieg mit einem akrobatischen Spreizschritt über die 50 Zentimeter hohe Hecke und huschte geräuschlos zur Haustür, die nur knappe vier Meter entfernt lag.

Er drückte dreimal kurz und einmal lang auf den Klingelknopf. Sekunden später zischte es von jenseits der Tür: »Wer da?«

»Ich, wer sonst!«, rief der Detektiv, der überhaupt keinen Gefallen an solchen Indianerspielen fand und dem der »tapfere Cäsar« mitsamt seiner Angst langsam auf die Nerven zu gehen begann.

Ein Schlüssel drehte sich im Schloss und vorsichtig wurde die Tür einen Spaltbreit geöffnet.

»Mann, Herr Brommel, nun machen Sie sich mal nicht in die Hose, ich bin's wirklich!«

Die Tür öffnete sich weiter, eine Hand packte Balduin Pfiff am Arm und zog ihn mit einem Ruck ins Haus. Der Detektiv hörte Brommels aufgeregtes Schnaufen und registrierte, wie der »tapfere Cäsar« den Schlüssel zwei-

mal im Schloss drehte und zusätzlich eine Kette vorlegte. Erst dann schaltete er das Licht an.

Balduin Pfiff fuhr erschrocken zurück, als er keine zwei Zentimeter von seinen Augen entfernt den Eingang zu einem fingerhutgroßen schwarzen Tunnel sah.

»Heiliger Papa, nehmen Sie gefälligst den Bärentöter von meiner Nase weg, Herr Brommel!«, schnauzte der kleine Detektiv und machte einen Satz zur Seite. Misstrauisch beäugte er den Vorderlader in Brommels Hand. Verabscheute er doch nichts mehr als Leute, die plötzlich mit Kanonen jonglierten, nachdem sie sonst nur mit Schreib- und Rechengeräten umgingen.

»Es ... es ist nur zu mei ... meinem Schutz!«, stotterte Anton Brommel verlegen und noch immer voller Furcht.

»Wo haben Sie diese Bleischleuder denn ausgegraben?«, wollte Balduin Pfiff wissen.

»Ist ein altes Familienerbstück. Ein Vorfahr von mir hat damit gegen Napoleon gekämpft.«

»Genauso sieht das Ding aus«, sagte Balduin und wippte auf den Zehenspitzen. »Räumen Sie die Kugelspritze weg, bevor sie explodiert!«

»Aber sie ist doch nicht geladen.«

Balduin reckte theatralisch die Arme nach oben und rief: »O sole mio, das wird sich der, den Sie abschrecken wollen, auch denken. Außerdem, heiliges Kanonenröhrchen, wie soll der Bösewicht diesen Spatzenschreck sehen, wenn Sie hier wie eine Fledermaus im Dunkeln hocken, he?« Balduins kleiner dicker Zeigefinger deutete nach rechts unten.

»Stellen Sie die Flinte in den Schirmständer!«

Anton Cäsar Brommel tat, wie ihm geheißen. Dabei kam er sich offensichtlich albern vor. Und er verteidigte sich: »Wissen Sie, Herr Pfiff, wenn man so unter Druck steht, tut man oft Dinge, die einem hinterher sonderbar erscheinen. Geht Ihnen das nicht auch so?«

»Nein!«, raunzte Balduin Pfiff Anton Brommel laut und heftig an. Und genauso poltrig fuhr er fort: »Wette, dass Sie direkt neben der Haustür gehockt haben, als ich kam!«

»Ja«, nickte Herr Brommel scheinbar fassungslos. »Woher wissen Sie das, ich habe doch keinen Laut von mir gegeben. Beim Atmen habe ich mir sogar ein Taschentuch vor den Mund gehalten.«

Balduin Pfiff sah auf seine Uhr.

»Vom letzten Klingeln bis zu Ihrem Rufen sind genau zwei Sekunden vergangen. Hören Sie, zwei Sekunden!« Er zählte: »Eins – zwei!, und schon waren Sie da! Und jetzt, Herr Brommel, wo ist der ominöse Eilbrief?«

Anton Cäsar Brommel zog das »gefährliche Papier« aus der Hosentasche.

»Heute Nacht null Uhr drei!«, las Balduin Pfiff. Das Ganze war mit Maschine geschrieben.

Er schloss die Augen und schob den Brief mehrere Male langsam unter seiner Nase hin und her. Dabei schnüffelte er wie ein Beamter vom BÜRO FÜR GERUCHSBELÄSTIGUNG. Anton Brommel hielt unwillkürlich den Atem an. In seinem Kopf ging es kunterbunt durcheinander.

Er wagte vor lauter Angst kaum Luft zu holen, und dieser kleine, kugelrunde Detektiv mit den kirschrunden

Kulleraugen schnupperte in einer Lautstärke an einem gewöhnlichen Papier herum, dass man das Geräusch sicher noch drei Häuser weiter hörte.

Warum nur, jammerte Anton Brommel innerlich, bin ich nicht gleich zur Polizei gegangen? Doch im gleichen Augenblick durchfuhr es ihn siedend heiß. Polizei hieß amtliche Ermittlung. Amtliches Verhör, Aussagen, Protokolle und ... und ... Das Klingelputzen, die Scheibe. All das wäre dann ruchbar geworden. Nicht auszudenken. Sein ganzer guter Ruf wäre zum Teufel. Vielleicht würde man sogar über ihn lachen oder, was noch schlimmer wäre, über ihn spotten. Nein, nein, da wollte er doch lieber zahlen oder einen kleinen dicken, offensichtlich ein wenig verrückten Privatdetektiv in Kauf nehmen.

Wenn nur dieser verflixte Eilbrief mit der furchterregenden Drohung nicht gewesen wäre ...

Bei diesem Teil seiner Überlegungen angekommen, spürte Anton Cäsar Brommel wieder jene eiskalte Hand im Rücken und unwillkürlich machte er einen Schritt auf Balduin Pfiff zu.

Der reichte ihm den Brief zurück und murmelte dazu nur ein Wort: »Juchten!« Obwohl Herr Brommel im Augenblick damit nichts anzufangen wusste, nickte er.

»Schließen Sie auf und lassen Sie mich hinaus!«, sagte der Detektiv, und sein rundes Kinn winkte zur Tür.

Anton Brommel wich erschrocken zurück.

»Hinaus?? Sie wollen hinaus?« Ein rascher Blick auf das Zifferblatt sagte ihm, was die Uhr geschlagen hatte. In seinen Augen malte sich Entsetzen.

»Noch eine gute Dreiviertelstunde, Herr Pfiff. Sie können mich doch jetzt nicht allein lassen.«

Balduin Pfiff runzelte die Stirn.

»Ich könnte mich gut draußen im Garten verstecken. Das ganze Haus ist von Strauchwerk umgeben!«

Anton Brommel stürzte nach vorn, packte Balduin Pfiff an den Rockaufschlägen und schüttelte ihn:

»Ich bin kein Held, Herr Pfiff!«, rief er beschwörend. »Ich war nie ein Held. Ich hatte schon immer Angst vor allen möglichen Dingen. Vor der Nacht, der Dunkelheit, vor Einbrechern, vor Bienen, Spinnen und Schlangen.

Angenommen, die Bande gibt Ihnen dort draußen eines über den Kopf, was dann? Dann sitze ich hier gefangen wie in einem Käfig!«

»Also gut, Herr Brommel, bleib ich also im Haus!« Balduin Pfiff ergab sich seufzend in sein Schicksal. »Gehen wir dorthin, wo Sie sich gewöhnlich um diese Zeit aufhalten!«

Anton Brommel war sichtlich erleichtert. Voller Eifer erklärte er: »Wenn ich nicht schon oben im Bett liege oder im Wohnzimmer Fernsehen gucke, sitze ich meist im Kaminzimmer. Die zweite Tür dort ...«

Es war 23 Uhr 14.

Balduin Pfiff schlug die Richtung zur besagten Tür ein. Bevor er eintrat, wandte er sich noch einmal um. »Wo ist die Küche?«, fragte er Anton Brommel, der sich so dicht hinter ihm gehalten hatte, dass er jetzt auf Balduin Pfiff aufprallte. »Hoppla!«, sagte er, und seine bleichen Ohren wurden wieder einmal rot.

»Da ist die Küche!« Er zeigte zur Tür gegenüber.

Balduin Pfiff nickte und sein Daumen stupfte sein pralles Bäuchlein.

»Er hat wieder gebrummt! Gehen Sie in die Küche und überraschen Sie ihn!«

»Sie können in sooooo einem Augenblick essen??« Anton Brommel wäre nicht überraschter gewesen, hätte Balduin Pfiff in diesem Augenblick einen lebenden Elefanten verlangt.

»Nachts bin ich immer hungrig, hehehehehe ... Und besonders dann, wenn es spannend wird. Also, spielen

Sie mal Kellner, ich geh inzwischen in den Speisesaal. Wo ist der Lichtschalter?«

»Neben der Tür ... Mein Gott, Herr Pfiff, ich glaube, Sie halten diese bedrückende Angelegenheit für einen Spaß ... Essen ... Jetzt essen ...«

Das große Warten

Balduin Pfiff sah sich in dem Raum, Kaminzimmer genannt, um. Polstersessel, ein großer runder Couchtisch, zwei Stehlampen, eine Standuhr und ein Aquarium mit Skalaren fielen ihm zuerst auf. Dann entdeckte er an der rechten Wandseite mittelalterliches Kriegsgerät, zwischen dem kleine orientalische Gebetsteppiche hingen. Ein Globus auf einem halbhohen Tischchen und ein paar Topfpflanzen vervollständigten die Einrichtung, die trotz eines gewissen Durcheinanders Wärme und Gemütlichkeit ausstrahlte. Nur eines suchte der Detektiv vergeblich — den Kamin. Stattdessen gab es einen wunderschönen Kachelofen, der fast bis zur Decke reichte und der an zwei Seiten von Polsterbänken umgeben war.

23 Uhr 44.

Anton Brommel hatte die Oberbeleuchtung aus- und eine der Stehlampen eingeschaltet. Während sich Balduin Pfiff im Sessel räkelte und ein belegtes Brot nach dem anderen in den Mund schob, saß Herr Brommel auf der Bank am Kachelofen.

»Sagen Sie mal, Herr Brommel«, erkundigte sich der Detektiv kauend, »haben Sie wohl zufällig Kartoffelchips in Ihrer Burg?«

Herr Brommel schluckte, schloss zwei Atemzüge lang verzweifelt die Augen und dachte: »Während ich vor

Graus Gänsehaut habe, schlägt sich dieser Zwerg den Bauch voll.« Doch dann, erschrocken über seine verwegenen und respektlosen Gedanken, schüttelte er lebhaft sein Haupt mit den großen bleichen Ohren.

»Kartoffelchips? Nein, nein, keine Kartoffelchips. Alles, was da war, habe ich Ihnen gebracht, Herr Pfiff.«

»Keine Kartoffelchips, keine Buttermilch ... auf Besuch scheinen Sie überhaupt nicht eingerichtet zu sein, was?«, maulte der kleine Detektiv.

»Unsere Besucher verlangen in der Regel weder Kartoffelchips noch Buttermilch«, verteidigte sich Herr Brommel leise. Und mit deutlichem Unbehagen in der Stimme fügte er hinzu: »Sind Sie denn noch nicht satt? Sie essen jetzt seit genau einer halben Stunde ohne Unterbrechung.«

Balduin Pfiff winkte ab. »Das ist gar nichts. Mein Rekord steht auf zwei Stunden und zwölf Minuten. Das war im ›Hotel zur karierten Matratze‹. Dort habe ich im Speisesaal einem diebischen Zimmermädchen aufgelauert. Hehehehihihihi, hat die dumm geguckt, als ich plötzlich unter einem Tisch auftauchte ...«

»Wir haben unten im Keller noch süßsauer eingemachte Bohnen. Meine Frau hat sie selbst eingelegt. Wenn Sie wollen, dann ...« Herr Brommel brach mitten im Satz ab. Der Gedanke, allein in den Keller gehen zu müssen, ließ ihm augenblicklich die Haare zu Berge stehen.

»Im Augenblick gelüstet's mich nicht nach Bohnen. Seit wann ist Ihre Familie eigentlich verreist?«

»Seit vierzehn Tagen.«

»Hm ...«

»Erinnern Sie sich noch an die Hausnummer im Holunderweg, wo Sie mit Ihrem Schulfreund Kinderzeit gespielt haben?«

Herr Brommel nickte. »Ja, es war die 39. Unten war eine Drogerie drin und oben drüber zwei Stockwerke mit Wohnungen.«

23 Uhr 48. Noch zwölf Minuten bis Mitternacht.

Balduin Pfiff schob die letzte Ecke Salamibrot in den Mund.

»Haben Sie Feinde?«

»Nicht einen einzigen!«, versicherte Anton Cäsar Brommel, und Balduin Pfiff kicherte: » ...sagte der Krebs,

kurz bevor ihm ein anderer Krebs die linke Schere abzwickte. Was war das eigentlich für ein Schulfreund, mit dem Sie Klingelputzen und Scheibenwerfen waren?«

»Das war Herr Heinz! Er ist Geschäftsführer von ›Schopf & Pelle‹, der Wurstfabrik. Wir sind auch beide im Pfeifenklub ›Blauer Rauch‹!«

»Ich denke, Sie rauchen nicht?«, wunderte sich Balduin Pfiff. »Wir rauchen ja auch keine Pfeifen, wir sammeln sie. Unser Klub umfasst insgesamt dreizehn Herren.« »Feine Herren, die Scheiben zertrümmern!« »Müssen Sie sich noch lustig über mich machen?« Herr Brommel sah auf die Standuhr. »23 Uhr 50!«, sagte er mit zittriger Stimme. »Vielleicht ist es die letzte Nacht meines Lebens. Meine arme Fa...«

Der Rest des Wortes blieb ihm regelrecht im Halse stecken. Fast erstarrt vor Fassungslosigkeit beobachtete er, wie der Detektiv in aller Gemütsruhe seine riesigen Latschen zwischen Tasse und Teller schob und sich mit hörbarer Zufriedenheit zurücklehnte.

»In zehn Minuten ist Mitternacht. Sie wollen doch jetzt nicht schlafen?«, zischelte Herr Brommel.

»Eben habe ich gespeist und nun entspanne ich mich. Und wenn ich mich entspanne, lege ich immer die Beine auf den Tisch! Uuuuaaaaoooohhhh«, gähnte er. »Und außerdem wartet es sich so bequemer!«

»Du lieber Himmel, Herr Pfiff, Sie gähnen ja schon!« »War ein Zeichen, dass ich noch nicht so richtig satt bin ...« Anton Brommel presste sich gegen den kalten Kachelofen. »Ihre Ruhe möchte ich haben. Finden Sie nicht, dass Sie so gut beleuchtet für jeden Scharfschützen ein gefundenes Fressen sind?« Diese Vorstellung ließ den von tausend Ängsten gepeinigten Anton Brommel erschauern. Balduin Pfiff dagegen trommelte sich ein gemächliches Tamtamtamteramtamtam auf den Bauch, kicherte leise in sich hinein, erhob sich und drehte zwei der drei Glühbirnen in der Stehlampe locker.

Mit einem »Sooooooo« ließ er sich wieder in den Sessel fallen.

»Haben Sie noch nicht überlegt, Herr Brommel, dass die fünf Worte auf diesem Eilbriefwisch alles Mögliche bedeuten können?«

»Wie meinen Sie das nun wieder?«, flüsterte Anton Brommel mit flatternder Stimme.

»Nun, zum Beispiel könnte um 0 Uhr 3 Ihr Telefon läuten und Sie einer fragen, ob Sie Ihren Blinddarm für einen guten Zweck spenden wollen, hehehehe ...«

»Herr Pfiff ...«, stöhnte Brommel.

»Oder es klingelt an der Haustür und jemand bringt Ihnen einen neuen Brief. Vielleicht zusammen mit einem Blumenstrauß.«

»Blu... Blu... Blumen???« Brommel begann langsam an Balduin Pfiffs Verstand zu zweifeln. Der aber lachte leise: »Na, immerhin gibt's ja auch Blumen, die mordsmäßig stinken!«

23 Uhr 53.

Langsam und monoton tropften die Minuten dahin.

Das breite, behäbige Dong – Dong – Dong – Dong der Standuhr füllte den Raum bis in den letzten Winkel.

Balduin Pfiff saß so, dass er das großflächige, zweiflügelige, zum Garten führende Fenster im Blickwinkel hatte.

Eine Menge ging ihm durch den Kopf. Und er fragte sich, ob um null Uhr drei wirklich etwas geschehen würde – und wenn ja, was.

Anton Brommel dagegen hockte nach wie vor im Schatten des Kachelofens.

Dong – Dong – Dong – Dong …

23 Uhr 55.

Während Balduin Pfiff scheinbar gelangweilt dreinschaute, wurde Brommel von Minute zu Minute nervöser. Immer unruhiger hasteten seine Augen zwischen dem Detektiv, dem Zifferblatt der Standuhr und dem Fenster hin und her. Dong – Dong – Dong – Dong.

Unbeirrt pendelte das goldschimmernde Perpendikel von links nach rechts, von rechts nach links.

Dong – Dong – Dong – Dong …

23 Uhr 57.

Balduin Pfiff kratzte sich gerade am Kopf, als Anton Brommel mit einem Schrei aufsprang und zum Fenster deutete.

»Da!«, keuchte er.

Auch der kleine Detektiv war hochgeschossen.

»Was ist los?«, fragte er leise und sah ebenfalls zum Fenster.

»Ich hatte eine Hand gesehen!«, erwiderte Herr Brommel und wusste im gleichen Augenblick, dass er auf eine ganz hinterlistige Spiegelung hereingefallen war.

»Eine Hand???«

»Es war ein Irrtum, Herr Pfiff, Entschuldigung. Es war Ihre Hand. Sie hatte sich im Fenster gespiegelt, als Sie sich … ich meine …«

»Heiliges Kanonenröhrchen, jetzt darf ich mich schon nicht mal mehr am Kopf kratzen ...«

Dong – Dong – Dong – Dong ...

23 Uhr 59.

Balduin Pfiff zog die Beine an. Alles an ihm war gespannte Aufmerksamkeit. Langsam versenkte er seine Hand in der Innentasche, zog Kunigunde hervor und legte sie auf den Tisch. Das kaum wahrnehmbare Geräusch ließ Anton Brommel zusammenfahren.

Entsetzt starrte er auf den gefährlich aussehenden Revolver, der in Wirklichkeit ein harmloser Zigarrenanzünder war.

Mitternacht.

Die Standuhr besaß einen herrlich vollen Schlag.

»Mitternacht!!«, stöhnte auch Anton Brommel.

»Ich hör's«, brummte Balduin Pfiff. »Wenn Sie wenigstens Buttermilch hätten ...«

»Ich sterbe vor Angst!«, hauchte Anton Cäsar; der kleine Detektiv zischte zurück: »Lassen Sie den Blödsinn! Wir haben uns noch nicht über die Bezahlung geeinigt.«

»Oh, Herr Pfiff, was sind Sie nur für ein ...«

Sicher wollte Anton Brommel »Mensch« sagen. Doch dazu kam er nicht, denn in dieser Sekunde barst die Fensterscheibe mit fürchterlichem Krach in tausend Stücke.

»Man hat auf mich geschossen!«, schrie Herr Brommel mit überschnappender Stimme und sprang mit einem Satz hinter den Kachelofen.

»Quatsch!«, rief der Detektiv. »Das war ein Stein! Bleiben Sie hier, Sie Tarzan!« Und dann zeigte Balduin Pfiff, was er konnte. Blitzschnell hatte er das zersplit-

terte Fenster aufgerissen und war in der Dunkelheit verschwunden.

Anton Brommel blieb wie ein versteinerter Buddha hinter seinem Ofen und zitterte um sein »doch so ehrliches Leben«. Irgendwo draußen hörte er Blätter rascheln.

Ein Lichtschein tanzte gespenstisch immer wieder am Fenster vorüber und ein seltsames Geräusch drang plötzlich an sein Ohr. Es zuckte in seinen Füßen, doch schließlich siegte die Furcht über die Neugier.

Fünf Minuten vergingen ...

Dong – Dong – Dong – Dong machte die Standuhr.

Sieben Minuten schon war Balduin Pfiff verschwunden, und Anton Brommel spürte, wie seine Waden langsam von einem Krampf ergriffen wurden. Da fasste er einen heroischen Entschluss. Vorsichtig ließ er sich auf den Fußboden gleiten und schob sich, flach wie eine Flunder, auf die Stehlampe zu.

Klack machte es, als er seine knochige Faust auf den Fußschalter schmetterte. Schützende Dunkelheit umgab ihn und mit einem eigenartigen Gefühl der Erleichterung rutschte er hinter den Ofen zurück.

Wieder huschte ein Lichtschein über das Fenster.

Blieb dort haften.

Ein Schnaufen erfüllte die Stille, und dann ... dann sah Anton Brommel eine Hand über das Fensterbrett langen ... Ein Kopf tauchte auf ...

»Hiiiiilfe!!!«, brüllte der »tapfere Cäsar« und noch einmal: »Hiiiiilfe!!!!«

»Ruhe!!«, zischte Balduin Pfiff dem Schreihals zu. »Sie machen noch die ganze Nachbarschaft rebellisch. Schalten Sie gefälligst das Licht ein! Und zwar alles, was brennt!«

»Ach, Sie sind's ...« Anton Brommel stemmte sich hoch und wankte erschöpft zum Lichtschalter.

Erst als er Balduin Pfiff völlig unbeschädigt vor sich stehen sah, kehrte neues Leben in ihn zurück.

»Haben Sie die Verbrecher gesehen?«, fragte er.

Balduin Pfiff warf ihm einen vernichtenden Blick zu. »Sie waren mir eine große Hilfe ... Kommen Sie näher, damit ich Ihnen was zeigen kann!«

Der kleine runde Detektiv trat unter das gleißende Licht der Deckenlampe und streckte etwas in die Höhe.

»Na, was sehen Sie hier?«

Herr Brommel starrte auf das kleine, blitzende Instrument.

»Eine Pinzette!«

»Ganz recht«, Balduin Pfiff nickte. »Nun gucken Sie durch die Lupe auf die Pinzette und Sie haben die halbe Lösung. Naaaaaa? Macht es klick unter'm Scheitel?«

»Sieht aus wie ein Haar, oder?«

»Es **ist** ein Haar, Herr Brommel«, triumphierte Balduin Pfiff. »Und zwar ein graues. Und nun will ich Ihnen was verraten: Der Täter ist etwa einsachtundsiebzig groß, hat graue Haare, Schuhgröße 43 und einen Schnupfen!«

Anton Brommel war außer sich vor Staunen. Ja, nicht nur das, er fühlte sogar plötzlich etwas wie Mut in sich aufsteigen. Aber das lag wohl auch daran, dass das Licht brannte und der kleine Detektiv neben ihm stand. »Außerdem«, fuhr dieser fort, »verwendet er Juchtenparfüm. Ich habe es deutlich gerochen!«

»Aber ... da ... d... das andere«, stotterte Brommel, »woher wissen Sie das alles? Das konnten Sie doch nicht riechen ...«

Balduin Pfiff gab sich lässig.

»Der Täter«, erklärte er, »presste sich an die Hauswand, dabei blieb das Haar am Putz hängen. Die Fußabdrücke zwischen den Blumen sind deutlich, und der Schnupfen – nun, drei Papiertaschentücher auf einen Haufen sprechen eine eindeutige Sprache, was, hehehehe ...«

»Sie sind ein Genie, Herr Pfiff!«, sagte Herr Brommel und meinte es ernst.

»Wäre ich ein Genie«, wehrte der Detektiv ab, »dann wüsste ich jetzt auch schon den Namen des Steinewerfers. So aber habe ich nur eine Vermutung, hehehehe, eine gut durchwachsene Vermutung!«

»Vermutung??« Herr Brommel drehte die Augen raus.

»Jawohl! Irgendwas an dieser Angelegenheit ist oberfaul!« Fröhlich summend ließ Balduin Pfiff Kunigunde in seiner Tasche verschwinden, gähnte und nickte Herrn Brommel freundlich zu.

»Sie wollen mich doch jetzt nicht allein lassen, Herr Pfiff?«

»Es ist bald halb eins. Ich werd jetzt in aller Ruhe nach Hause marschieren ...«

»Er wird wiederkommen!«, unterbrach Brommel. »Bitte bleiben Sie über Nacht im Haus!«

Balduin Pfiff legte seine Stirn in krause Falten. Dann sagte er: »Das würde das Honorar glattweg verdoppeln! Denn jede Stunde, die ich nachts nicht in meinem Bett verbringe, ist Außendienst. Auch wenn ich dabei schlafe.«

»Ich zahle Ihnen das Dreifache!«, bot Brommel ohne Zögern.

Balduin Pfiff umrundete Anton Cäsar Brommel zweimal. Und er sagte: »Hm, meinetwegen. Dann wollen wir mal ein ordentliches Mitternachtsmahl einnehmen. Von mir aus können Sie sogar ein paar Gläser von Ihren eingemachten Bohnen holen ...«

Ein seltsamer Besucher

Es war eine äußerst ungemütliche Nacht gewesen. Alle Augenblicke hatte Anton Brommel seinen Kopf mit den bleichen Ohren zur Tür hereingestreckt und gefragt, ob er, der Meisterdetektiv, gerufen habe. Nicht mal das reichhaltige Frühstück, das Anton Brommel Balduin Pfiff vorsetzte, konnte diesen mit der fast schlaflosen Nacht versöhnen.

Nachdem er sieben dick belegte Brötchen und einen Liter Buttermilch vertilgt hatte, verabschiedete er sich von Herrn Brommel, dem der helle Tag wieder ein bisschen Mut zu machen schien.

Auf dem Weg nach Hause lenkte der kleine Detektiv seine Schritte über den Holunderweg Nr. 39, wo er in einer Drogerie ein paar Stück Seife kaufte und eine Menge Fragen stellte.

Doch jetzt war er endlich wieder zu Hause.

Zufrieden pfeifend stand er am Küchenherd und brutzelte sich ein Kotelett von der Größe eines Schlapphuts.

Stunden vergingen. Stunden, in denen sich Anton Brommel nicht ein einziges Mal meldete.

Langsam beschlich Balduin Pfiff leichte Unruhe.

Kurz vor 15 Uhr versuchte er seinerseits den hageren Hauptbuchhalter anzurufen.

Tuuuuuut – Tuuuuuuut – Tuuuuuuuut tönte es aus der schwarzen Muschel an sein Ohr.

Tuuuuuut – Tuuuuuuut – Tuuuuuuuut.

Der Detektiv ließ es insgesamt neunmal läuten, dann legte er auf. Entweder schlief Anton Brommel tief und fest, oder er war außer Haus oder ...

Balduin Pfiff konnte diesen Gedanken nicht zu Ende denken, denn in diesem Augenblick klingelte es an seiner Wohnungstür.

»Das wird der tapfere Cäsar sein«, glaubte Balduin und schlappte in Pantoffeln zur Tür.

Vor ihm stand ein eleganter, grauhaariger Herr mit einer Narbe auf der Wange. Er lüpfte seinen Hut. Dazu deutete er eine Verbeugung an und sprach durch die Nase:

»Guten Tag! Habe ich das Vergnügen, mit Herrn Balduin Pfiff zu sprechen?«

Der Detektiv musterte den Besucher lange und wohlwollend. Und je länger er ihn musterte, umso heiterer wurde seine Miene.

»Hehehehehe«, meckerte er belustigt, beugte sich vor und tat geheimnisvoll: »Ob es ein Vergnügen ist, wird sich erst noch herausstellen. Treten Sie ein, bevor Sie sich im Luftzug zu Ihrem Schnupfen noch eine Lungenentzündung holen!«

»Danke!«, sagte der vornehme Grauhaarige und betrat Balduin Pfiffs Wohnung. »Hatschiii!« Er prustete eine Million Schnupfenbazillen in den Korridor.

»Gesundheit!«, wünschte der kleine Detektiv und rieb sich die Hände. »Bitte nehmen Sie Platz!«

»Sie tun gerade so, als hätten Sie mich erwartet!«, entgegnete der Besucher und ließ sich in einen Sessel fallen.

»So ist es!«, strahlte Balduin Pfiff und streifte sein Jackett über. Während er in die Schuhe fuhr, fragte er stöhnend: »Ihren Namen wollen Sie sicher nicht verraten, oder?«

Der Vornehme spielte den Undurchsichtigen.

»Nennen Sie mich einfach X! Hatschiiii!«

»Und noch einmal Gesundheit, Mister X ... Hehehehehe, ich kannte mal einen, der nannte sich nicht X, sondern Ypsilon. Wissen Sie, was mit dem geschah?«

»Ich habe keine Ahnung«, erwiderte X, und man sah ihm an, dass er sich nicht sonderlich wohl in seiner Haut fühlte.

»Er wurde von einem Mähdrescher verdroschen!«, lachte Balduin Pfiff aus vollem Hals und schlug seine kleinen dicken Hände auf die prallen runden Schenkel.

»Das soll wohl ein Witz sein, Herr Pfiff!?«

»Soll es, soll es, hehehehe ...« Der Detektiv nickte.

»Nun, ich nehme an, dass Ihnen das Witzemachen bald vergeht!« Der schnupfenkranke Mann mit der Narbe räusperte sich und schielte vorsichtig auf sein Gegenüber.

Balduin Pfiff spielte den Beeindruckten.

»Ei der Daus, Sie machen mir direkt Angst!«

»Hatschiiii!!!«

»Wer nachts in fremde Gärten hopft, dem anderntags die Nase tropft!«, zitierte Balduin Pfiff sich selbst und machte dabei ein todernstes Gesicht. »Also, Mylord, was wünschen Sie?«

»Ich möchte ... hatschiiiii ... möchte, dass Sie mich begleiten.«

»Und wohin, wenn ich fragen darf?«

»Sie arbeiten doch für Anton Brommel!«

»Oh«, Balduin Pfiff tat überrascht und klatschte in die Hände. »Ich wollte schon immer mal einen Hellseher kennenlernen.«

Der Vornehme fuhr sich halb ärgerlich, halb verlegen über den sorgsam gepflegten Scheitel, bevor er antwortete: »Wenn Sie wollen, dass Ihrem Klienten Anton Brommel nichts geschieht, kommen Sie jetzt mit. Er befindet sich in unserer Gewalt.«

Balduin Pfiff sprang auf und mimte den Betroffenen und Erschrockenen. »Heiliges Kanonenröhrchen!«, rief er und stupste seinen Zeigefinger gegen die Brust.

»Ein richtiger Stich ist mir eben durchs Herz gegangen. Sie halten den armen Brommel also gefangen?!«

»Gut kombiniert!«, nickte der Vornehme und schluckte. Wenn er nur wüsste, ob ihn dieser kleine dicke Mann verhöhnte ...

»Und **ich** soll Sie begleiten, was?«, fragte Pfiff.

»Hatschiiiiü – so ist es!« Der Vornehme schnäuzte sich in ein hellbraunes Seidentuch ...

»Dann wollen wir mal!«

Herr X verhielt mitten in der Bewegung. Mit weit geöffneten Augen starrte er auf Balduin Pfiffs Kunigunde, deren Lauf genau auf seine vornehm gestreifte Weste zielte. Und als er in Pfiffs Gesicht sah, war dort nichts mehr von der eben gezeigten Heiterkeit zu sehen. Ganz im Gegenteil.

»Jetzt machen Sie mal Ihre Lauscherchen ordentlich auf, damit Sie auch gut verstehen, was **ich** Ihnen zu sagen habe«, rief Balduin Pfiff mit blitzenden Augen. »Nicht **ich** werde Sie begleiten, sondern **Sie** mich, kapiert?! Sie werden mich auf der Stelle zu Anton Brommel führen!«

Der in die Enge getriebene Besucher machte eine beschwichtigende Handbewegung, doch Balduin Pfiff rief barsch »Ruhe!!!« und drückte Herrn X Kunigunde in den Bauch. »Sie reden ab sofort keinen Ton mehr! Und beim geringsten Muckser knallt's!«

Der Vornehme war noch blasser geworden.

Mit einem schwachen Nicken bedeutete er sein Einverständnis.

»Also dann los, Sie verschnupfter, nach Juchten duftender Steinewerfer!«

Die Sache mit dem Weltuntergang

Eine Viertelstunde später erreichten die beiden ein exklusiv aussehendes Haus.

Sie betraten eine elegante Diele und schließlich einen teuer und geschmackvoll eingerichteten großen Raum. Zehn vornehm gekleidete Herren auf ledergepolsterten hochlehnigen Stühlen sahen ihnen entgegen.

Die zuerst gespannten, dann überraschten und zuletzt betretenen Gesichter wurden immer länger.

Während sich Herr X mit zitternden und weichen Knien an eine lebensgroße holzgeschnitzte Figur anlehnte, ließ Balduin Pfiff grimmige Blicke über die Runde der Versammelten gleiten.

»Na, wo ist Herr Brommel?«, fauchte er Herrn X an, der sich den Angstschweiß von der Stirn tupfte.

»Um Himmels willen, Freunde«, wandte er sich an die Versammelten, »holt bloß Anton. Dieser Mensch versteht keinen Spaß. Er drückt mir schon die ganze Zeit einen riesigen Revolver zwischen die Rippen. Hatschiiü!«

Zuerst herrschte nur lähmendes Entsetzen.

Keiner der zehn Vornehmen wagte sich zu rühren. Erst als sich Herr X zu einem Stuhl schleppte und Balduin Pfiffs Kunigunde sichtbar wurde, kam in zwei der Männer Bewegung. Sie sprangen auf und verschwanden in einem Nebenraum. Zehn Sekunden später kehrten sie zurück – mit dem vor Furcht steifen Anton Brommel. Einer der Männer löste diesem die Augenbinde.

»Hatschiiü«, schallte es aus Mund und Nase des Verschnupften.

In Anton Brommel kehrte langsam das Leben zurück. Er sah die elf betretenen Gesichter seiner Freunde vor sich und das breite, grinsende Gesicht Balduin Pfiffs.

Wortlos und erschöpft sank er auf einen Stuhl.

»Hahahahahohohohohoho«, lachte Balduin Pfiff, dass es hallte und sein Bäuchlein wippte. »Das ist 'ne Überraschung, was, Herr Brommel? Ich muss schon sagen, feine Pfeifenfreunde haben Sie! Mehr Pfeifen als Freunde ... Aber eines sollte Sie freuen: Einer Ihrer Pfeifenfreunde hat mindestens ebenso viel Angst ausgestanden wie Sie. Der da!! Er ist der Anrufer und das Gespenst von heute Nacht!«

Balduin Pfiffs Kunigunde zeigte auf Herrn X.

»Alfred, du???« Herr Brommel war fassungslos.

Balduin Pfiff antwortete statt diesem.

»Ja! Alfred Heinz, Chef der Wurstfabrik, Klingelputzer und Steinewerfer.«

»Stimmt das, Alfred?«

Dieser nickte und erhob sich.

»Herr Pfiff, wir sind Ihnen und Anton wohl eine Erklärung schuldig.« Er deutete furchtsam auf Kunigunde. »Vielleicht könnten Sie freundlicherweise Ihren Revolver ...«

Balduin ließ Kunigunde in der Tasche verschwinden.

»Also«, fuhr Herr Heinz fort, »wie Sie richtig vermutet haben, sind hier die Mitglieder des Pfeifenklubs versammelt. Alles ehrbare Bürger dieser Stadt. Unser lieber Anton Brommel hat sozusagen, ohne es zu wissen, eine Wette verloren. Er behauptete nämlich bei jeder Gelegenheit, nichts als der Weltuntergang könne ihn aus der Ruhe bringen. Wie Sie sahen, haaaatschiiii!!! ... war der Weltuntergang gar nicht nötig ...«

»Aber Alfred ...«, entrüstete sich Anton Cäsar Brommel und wandte sich auch dem einen und anderen Klubmitglied zu, »Heinrich ... Erich ... Henry ... Ottokar ... ihr alle, wie konntet ihr mich nur in so eine Lage bringen.«

»Die Sache mit Herrn Pfiff war natürlich nicht vorauszusehen, Anton«, gab Alfred Heinz zerknirscht zu, und die Runde nickte ebenso zerknirscht. Der Wurstmann verneigte sich vor Balduin Pfiff. »Bitte entschuldigen Sie, dass wir Sie mit ins Spiel gebracht haben!«

Der kleine Detektiv kicherte.

»Die Rechnung, die ich Ihnen schreiben werde, wird mich versöhnen! Im Übrigen bedarf es schon viel dickerer Kanonen, um Balduin Pfiff hinters Licht zu führen.«

»Sie haben was gewusst?« Anton Brommels Finger zeigte auf den Detektiv.

»Zuerst nur geahnt, aber seit heute Morgen weiß ich, aus welcher Ecke der Wind weht. Hehehehe, Herr Brommel, weil wir gerade beim Wissen sind. Haben Sie zum Beispiel gewusst, dass Ihrem Freund Alfred das Haus Holunderstraße 39 selbst gehört?«

Anton Brommel schüttelte fassungslos seinen zermarterten Kopf.

»Ja, ja, der Schlaumeier hat seine eigene Scheibe eingeworfen!«

Die Versammelten begannen leise zu lachen, während Herr Heinz eine versöhnliche Geste in Richtung Anton Brommel machte.

Balduin Pfiff lächelte verschmitzt, und wer ihn kannte, wusste, dass jetzt etwas Besonderes folgte. Und da geschah es auch schon. Wortlos zog er Kunigunde wieder aus der Tasche und hielt sie Herrn Heinz unter die Nase.

»Wa... wa... was soll d... d... d... das?«, stotterte dieser.

»Bummbumm!!«, rief Balduin Pfiff und stieß eines seiner berühmten Gelächter aus. Als er sich endlich wieder beruhigt hatte, verriet er leise: »Ein Angsthase der, der sich von einem Zigarrenanzünder ins Bockshorn jagen lässt!« Es machte »Klick« und ein Flämmchen züngelte hoch.

Die Gilde der vornehmen Pfeifensammler stimmte ein befreiendes Lachen an. Sogar Anton Brommel meckerte versöhnt.

Und Balduin Pfiff? Natürlich lachte auch er wieder. Doch insgeheim fragte er sich, ob die anderen wohl auch noch lachen würden, wenn sie erst seine Rechnung sahen.

»Ich muss jetzt leider gehen«, rief er und ließ Kunigunde verschwinden. »Erstens habe ich Hunger, zweitens muss ich was essen, und drittens hatte ich eine hundsmiserable Nacht. Gute Nacht, die Herren!«

Kichernd verließ er Raum und Haus und marschierte mit raschem Links-zwo-drei-vier dorthin, wo nicht nur ein voller Kühlschrank auf ihn wartete, sondern auch das dickste, gemütlichste, weicheste, älteste und schönste Sofa der ganzen Stadt.

»Uuuuuaaaaoooh«, gähnte er, als er die Haustür aufschloss ...

Wolfgang Ecke (1927–1983) war im Laufe seines Lebens als Dolmetscher, Matrose, Schmuggler, Kellner, Schlagzeuger, Behördenangestellter und Werbemanager und Reporter tätig. Diese Erfahrungen kamen ihm dann als Autor spannender Geschichten zugute. Er verfasste mehr als 600 Hörspiele und über 50 Bücher, hauptsächlich Krimis für Kinder und Jugendliche, die sich millionenfach verkauft haben. Die Reihe um den liebenswerten »Meisterdetektiv Balduin Pfiff« ist inzwischen ein Klassiker unter Kinderkrimis.

Wolfgang Ecke

Meisterdetektiv Balduin Pfiff

ISBN 978-3-414-82070-9

ISBN 978-3-414-82071-6

ISBN 978-3-414-82073-0

ISBN 978-3-414-82072-3

Meisterdetektiv Balduin Pfiff liebt eisgekühlte Buttermilch, lacht gern, schläft gern, isst oft und viel und beginnt bei aufregenden Situationen zu schnalzen (etwa so: ts-ts-ts-ts). Und nebenbei gelingt es ihm immer wieder mühelos, mal eben ein paar knifflige Kriminalfälle zu lösen.

Boje

www.boje-verlag.de